LES AVENTURES DE MOI-MÊME

Dans la série *Les Aventures de moi-même* :

Journal de ma fugue
Journal du grand Grand Amour
Journal de ma manif

82, rue Saint-Lazare – CS 10124 75009 Paris
ISBN : 978-2-0804-3018-2/N° d'édition : L01EJEN002224.A002 / 655178-1
Dépôt légal : janvier 2024
Achevé d'imprimer par Edelvives (Espagne) en novembre 2024
Loi n° 49-956 du 16 juillet 1949 sur les publications destinées à la jeunesse

Les titres de ce livre sont composés en Bizmeud,
une typographie dessinée par Quentin Bodin et Jil Daniel
et distribuée par Velvetyne.

CHARLY DELWART

ILLUSTRÉ PAR RONAN BADEL

LES AVENTURES DE MOI-MÊME

Journal de ma manif

Flammarion Jeunesse

C’est un péché de se taire quand il est de votre devoir de protester.

Ça, c’est d’Abraham Lincoln
(16e président des États-Unis).
J’ai rien à ajouter.

SAMEDI

Je m'appelle Gaspard, j'ai 10 ans et là c'est sérieux, je dois faire quelque chose. Je sais pas encore quoi (ni comment du coup) mais il y a un méga problème : des gens ont décidé de détruire notre terrain vague !

Enfin, c'est comme ça qu'on l'appelle même si, en vrai, c'est plus un bout de forêt au milieu de la ville à cinq minutes à vélo de l'école, avec des endroits dégagés, comme une clairière (mais c'est plus long à dire).

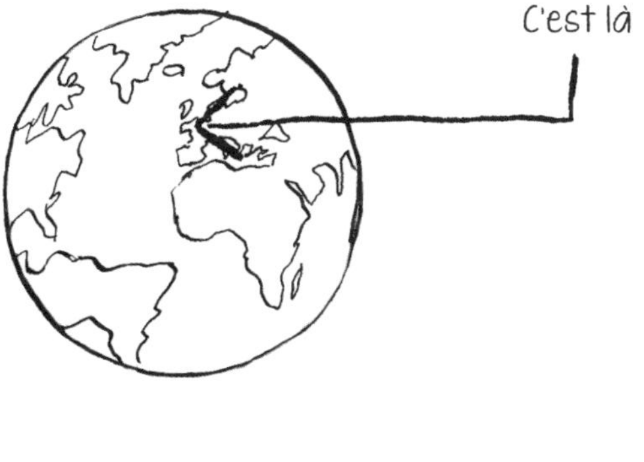

Je vous explique : comme tous les samedis, on a voulu y aller cet après-midi pour jouer au foot avec Nils et Arto (ce sont mes deux meilleurs copains, ils sont avec moi en CM2). Et devant, il y avait un panneau qui n'était pas là samedi dernier : accroché en hauteur sur deux piquets, avec la photo d'un supermarché tout beau tout neuf.

On a regardé le panneau avec des grands yeux étonnés tous les trois. Puis on a levé les sourcils en même temps, dépités, comme si on faisait une chorégraphie du visage.

J'en revenais pas.

— Quoi ? Un supermarché ?

Arto a ajouté :

— Sérieux, sur notre terrain vague ?

Nils a juste fait :

— Pfff.

Ça m'a fait un drôle d'effet.

POUR DONNER UNE IMAGE,
C'EST COMME SI J'AVAIS REÇU
(J'HÉSITE ENCORE) :

- Un poignard dans le cœur
- Un doigt dans l'œil
- Un coup de poing dans le ventre
- Une épine dans le pied
- Un coup sur la tête

Car ce terrain vague, c'est plus qu'un terrain vague. C'est là où on joue tous les trois depuis qu'on est nés. C'est là où on a construit notre cabane. C'est là où on a créé le terrain de billes le plus fou. C'est là où on a fait des parcours à vélo incroyables, et des parties de foot mémorables, enfin plein de trucs quoi. C'est notre terrain de jeu.

Cabane
(vous en avez déjà vu une aussi classe ?)
Parcours à vélo avec racines-obstacles
Terrain de billes ultra complexe

On en connaît chaque recoin.

Arto regardait toujours le panneau, il a soupiré en faisant non de la tête.

— Le monde va droit dans le mur, c'est moche.

Nils a dit :

— En même temps, c'est comme ça, la vie avance. Les choses changent, c'est tout. On trouvera un autre endroit où jouer, c'est pas grave.

Arto a rebondi :

— Oui, et là c'est juste un panneau, on peut encore jouer tant qu'ils n'ont pas commencé les travaux.

Mais à mon avis ils voulaient positiver. Car franchement, c'est nul ce qui arrive à notre terrain vague. Tout ça pour construire un supermarché.

J'ai rien contre les supermarchés (car c'est quand même pratique, on y trouve plein de choses). Mais il y a déjà des supermarchés dans la ville ou pas très loin. Alors que des terrains vagues comme celui-ci, non.

CHOSES QU'ON NE PEUT PAS TROUVER
DANS UN SUPERMARCHÉ (EN PLUS DE LA CABANE,
DU TERRAIN DE BILLES ET TOUT ÇA) :

- Des arbres avec nos tailles gravées
sur le tronc à différents âges
- Un trésor enterré avec nos secrets
quand on avait 7 ans
- Des têtards dans le petit étang
(et ça c'est toujours rigolo à voir grandir)

On a quand même joué au foot mais c'était pas pareil que d'habitude, en tout cas pour moi. J'avais moins le cœur à ça.

Quand je suis rentré chez moi, j'y pensais toujours. J'étais pas bien, j'avais la boule au ventre en arrivant à la maison. J'ai expliqué tout de suite à mes parents ce qui se passait, comme si j'espérais secrètement qu'ils pourraient faire quelque chose, ou au moins qu'ils partageraient ma révolte. Ils n'ont pas trop réagi pendant que je parlais de tout ça, alors j'ai terminé par :

— C'est dingue, non ?

Ma mère a dit :

— Ah oui zut, c'est pas chouette.

Du coup, le chien est arrivé en courant (il s'appelle Zut, parfois c'est pas pratique comme nom de chien) et ma sœur Dagmar (elle a 2 ans) l'a suivi.

Mon père a demandé :

— Quel supermarché ?

Je ne savais pas, j'avais pas retenu. Et c'était pas ça l'important. J'étais contrarié, ou plus précisément, je voulais qu'ils le voient, alors j'ai pris un air visiblement contrarié (mais que de niveau 1).

Mon père s'en est rendu compte, il a voulu me rassurer :

— Ça, ce sont les villes, il y a un processus d'expansion à l'œuvre. Quand on a emménagé ici, il y avait encore des champs pas loin. Et tu verrais des photos de New York au début au 18e siècle, il y avait des fermes et des pâturages. Et regarde maintenant. C'est différent mais c'est bien aussi.

Dagmar a répété, en me regardant dans les yeux, même si elle ne savait pas de quoi on parlait :
— C'est bien aussi.

Mais ça ne me rassurait pas du tout ce que mon père me disait. Et ce que je constatais surtout, c'est qu'eux aussi ils acceptaient la situation alors que moi, je me disais que, dans la vie, il y a des moments où on ne peut pas rester les bras croisés (même si c'est une expression pour dire « ne rien faire », et que la position des bras ça ne change pas grand-chose).

AUTRES POSITIONS POSSIBLES DES BRAS
QUI MARCHENT AUSSI POUR DIRE "NE RIEN FAIRE" :

Le long du corps — En l'air — Tendus de chaque côté latéralement — Enroulés autour de soi

Du coup je suis allé dans ma chambre pour réfléchir, allongé sur mon lit (c'est là que je réfléchis le mieux, chacun son truc).

En fait, je suis peut-être le seul à penser comme ça. Pour en être sûr, je devrais faire un référendum (c'est quand on demande aux gens leur avis) : je pourrais demander aux copains de classe, aux professeurs, aux amis de mes parents, aux voisins, pour voir qui préfère au fond un supermarché à un terrain vague. Mais peut-être que d'autres voudraient plutôt, à la place, un bowling ou un magasin de bricolage ou une patinoire ou un Ikea. Donc ça ne m'arrangerait pas plus comme réponse. Et l'important est ce que moi j'en pense.

Peut-être que moi seul je n'aime pas que les choses changent. Et peut-être que grandir ça veut dire justement accepter que les choses changent.

CHOSES QUI ONT DÉJÀ CHANGÉ
ET QUE J'AI ACCEPTÉES :

- Je ne dors plus avec un doudou
- J'ai mes vraies dents et non plus des dents de lait
- Je sais que le père Noël n'existe pas (et c'est pas grave)
- Je rentre seul chez moi de l'école, même s'il pleut

En même temps, notre ville c'est pas non plus New York. Ou alors s'ils construisent un supermarché, qu'ils construisent en plus tout ce qui va avec New York : des grands buildings trop classe, des théâtres avec des comédies musicales, des taxis jaunes partout, Central Park avec des calèches, des places qui grouillent de monde le jour comme la nuit.

Lundi

En fait non, ce n'est pas une question de grandir. J'y ai pensé toute la journée d'hier et toute la nuit (enfin en me couchant et encore en me réveillant) et je ne suis pas d'accord.

21 h 30 :
Pas d'accord

22 h-7 h :
Sans trop d'avis
(honnêtement)

7 h :
Pas d'accord
(mais pas très réveillé)

Ou alors, on peut grandir sans accepter certaines choses. Et même si je n'ai que 10 ans, j'ai quand même déjà 10 ans. Et à 10 ans, si on n'est pas d'accord, on peut le dire ou essayer de changer les choses, non ? On peut essayer de changer le monde, enfin une partie du monde, ou très précisément le terrain vague pour faire en sorte qu'il ne change pas, vous voyez ?

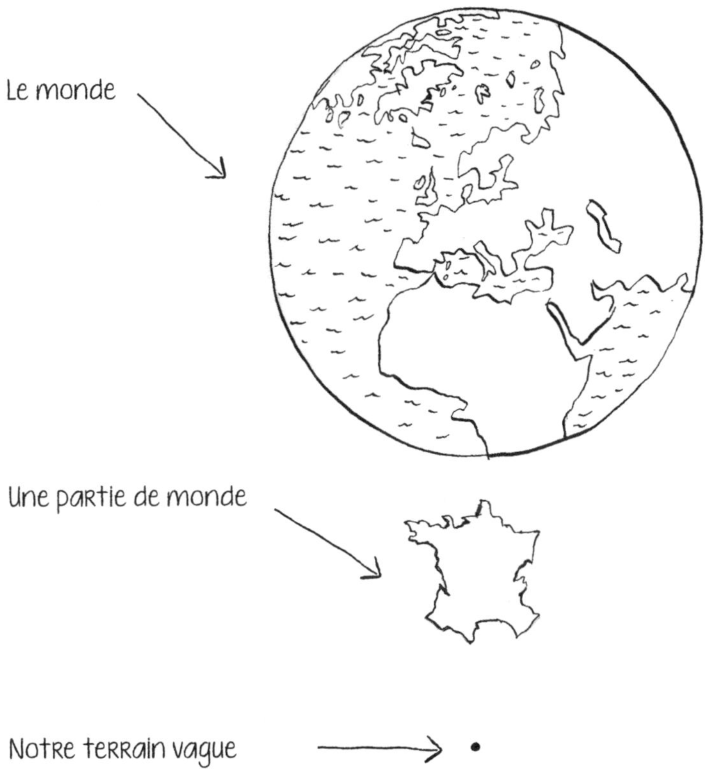

Je le dis à Nils et Arto à l'école, pendant la récré :

— Ça ne va pas. Et on peut pas rester les bras croisés ni le long du corps.

Arto est d'accord, il y a pensé aussi :

— J'ai eu la nausée hier toute la soirée, j'arrivais pas à manger alors que pourtant c'était des escalopes milanaises et que j'adore ça.

C'est juste qu'il réagit avec un temps de retard (comme les bonbons qui ont un effet, pas tout de suite quand on les met en bouche, mais après).

Nils est toujours philosophe (ou c'est à force d'avoir des parents psy). Il cite un dénommé Lavoisier :

— Tout se transforme, mais rien ne se perd.

Mais dans le fond, il trouve aussi que ça ne va pas. Je le vois.

On a commencé à se rappeler tout ce qu'on avait fait dans le terrain vague : à 6 ans, à 7 ans, à 8 ans. Toute une vie a défilé devant nos yeux. Ah c'était bien ! Ah quelle enfance !

Arto dit :

— C'est comme un paradis perdu.

J'ajoute :

— Ou c'est comme un paradis qui est en train d'être perdu en direct, sous nos yeux ! Et c'est encore pire.

Nils dit :

— Oui, c'est la même différence entre quand quelqu'un a mangé la dernière part du gâteau de la veille que t'avais gardée pour le goûter, et quelqu'un qui la mangerait en plus devant toi, vous voyez ?

Je vois très bien, Arto aussi. Même si c'est pas la même chose non plus.

Arto nous regarde :

— Donc on fait quoi ?

Nils ne comprend pas :

— Ben on fait rien, on a 10 ans.

Je ne suis pas d'accord :

— Ben si, on doit essayer de faire quelque chose et au pire, c'est non. Sinon, on pourra toujours se dire qu'on aurait peut-être pu changer les choses mais qu'on n'a rien fait. Et ça, c'est pire qu'essayer et que ça ne marche pas. Et puis sinon, j'y penserai chaque fois que j'irai faire les courses là-bas (car c'est à ce supermarché-là qu'on ira avec mes parents, je suppose, vu qu'il sera le plus près).

Ils me fixent en prenant un air impressionné, ils me disent que je parle bien.

Nils se mord la lèvre (il fait ça quand il réfléchit très intensément), puis il dit :

— OK, il faut déjà voir si c'est légal leur supermarché.

À mon avis, on ne construit pas un supermarché en catimini, de façon sauvage ou illégale. Mais on ne sait jamais. À vérifier.

Mercredi

Aujourd'hui, après les cours, on est donc retournés au terrain vague pour mieux regarder le panneau. Il y a un numéro de permis de construire et le nom d'une entreprise de construction, ça a l'air conforme. Et il y a une date de début de travaux : dans deux mois.

Arto dit :

— Ah oui, c'est bientôt !

Mais ça ne change rien. Je leur dis :

— OK, mais c’est toujours pas construit, donc on peut encore faire quelque chose.

Nils réfléchit :

— Oui, car ce sera vraiment plus compliqué de faire quelque chose une fois que ce sera construit.

Puis il ajoute :

— Là c’est juste un panneau. Donc on peut le retirer et le problème est réglé !

On le regarde pour voir s'il blague, mais non.

Nils dit :

— Quoi, qu'est-ce que j'ai dit encore ? Si on retire le panneau, ça n'existe plus ce projet de supermarché.

— Ben non, ça marche pas comme ça.

On réfléchit chacun de notre côté en silence. Nils propose :

— On va écrire une lettre au directeur du supermarché pour lui demander de ne pas le construire. Il a bien été jeune lui aussi, il pourra comprendre.

Je trouve ça moyen comme idée :

— Sauf s'il n'a jamais joué aux billes ou fait de parcours de vélo ou construit de cabane.

Arto trouve ça bof aussi :

— Peut-être qu'il a joué toute sa jeunesse dans un supermarché et que c'est pour ça qu'il a décidé de travailler dans les supermarchés et d'en construire de nouveaux, vous voyez ?

— Mmm.

Nils a une autre idée :

— On peut faire une pétition, trouver tous ceux qui ne sont pas d'accord avec ce nouveau supermarché et qui sont donc d'accord avec nous !

Mais Arto répond :

— En même temps, on ne connaît pas assez de monde. Ou alors, on met la pétition sur Internet mais ça ne va pas parler à ceux qui ne connaissent pas notre ville ou le terrain vague (genre des personnes qui vivent en Italie ou à Hong Kong).

Je réfléchis :

— Sauf si on écrit un texte fort sur notre terrain vague. Un truc qui parle à tout le monde.

EXEMPLE DE TEXTE VIBRANT :

Ô toi mon terrain vague,
Toi et moi on est liés par un pacte de sang,
Un pacte de rires, un pacte d'aventures.
Et là tu disparaîtrais ?
Comme ça, sans crier gare. Par la volonté
d'hommes qui ne te connaissent pas.
Car s'ils te connaissaient, leurs bras ne
pourraient déverser du béton sur toi.

Arto et Nils n'ont pas l'air convaincu. Je dis :

— Bon là j'ai improvisé. Mais vous voyez le genre.

Arto fait non de la tête :

— Il faut un truc plus fort, plus visuel. Je sais quoi ! On fait un enterrement du terrain vague pour marquer les gens qui vont passer devant, réveiller les consciences !

Nils et moi on ne voit pas de quoi il parle. Arto explique :

— Un enterrement, avec une cérémonie de funérailles, et une fausse tombe avec écrit dessus « RIP le terrain vague » ! Et on peut faire comme en Sicile où ils engagent des gens pour pleurer très fort afin de rendre l'enterrement encore plus triste, encore plus intense, ils appellent ça des pleureuses.

Comme on ne réagit pas trop, Nils et moi, Arto continue :

— Mais si, on n'a qu'à demander à ma sœur, elle pleure hyper bien. Et on peut demander à Emma (c'est mon autre sœur avec Dagmar, elle a 8 ans). Et aux copains de la classe. Si tout le monde pleure, ça peut être bien !

Nils dit :

— On peut aussi protester avec des slogans peints sur le torse, il y a des femmes qui font ça quand elles ne sont pas d'accord avec des décisions politiques, je l'ai vu à la télé : elles les écrivent en lettres capitales sur leur peau. Là ce sera la même chose mais en version garçons préados. Ou alors on colle des affiches dans les rues avec marqué : *Stop au massacre des terrains vagues* ou *Je suis terrain vague*.

Arto le regarde, interloqué :

— Pourquoi *Je suis terrain vague* ?

— En signe de soutien avec le terrain vague. Comme il y a eu *Je suis Charlie* après les attentats de Charlie Hebdo, ou *Je suis Danois* ou *Je suis policier*, même si c'est pas du tout la même chose là. Mais c'est un slogan connu qui peut servir pour plein de causes différentes.

— Mmm.

Mais je suis pas sûr, ni de l'enterrement ni des slogans sur le torse.

Arto propose :

— Attendez, j'ai une meilleure idée : on peut faire une grève de la faim. Ça marche bien ça ! Encore plus avec des enfants de 10 ans, car ils vont avoir peur que ça stoppe notre croissance, du coup ils vont écouter ce qu'on a à dire.

Je suis d'accord, c'est une bonne idée.

STOP AU MASSACRE DES TERRAINS VAGUES
GREVE DE LA FAIM

Mais c'est vraiment pas mon truc les grèves de la faim (je suppose, j'ai jamais essayé). Déjà si je mange pas mon goûter, je suis pas bien. Là, c'est sûr, je tournerais de l'œil.

Jean-Jacques (c'est le plus vieux de la classe, car il a redoublé deux fois) est passé en marchant, son casque sur les oreilles, et il est venu nous voir.

— Vous faites quoi assis par terre, un groupe de discussion ?

On lui explique ce qu'il se passe. Il regarde le panneau, puis le terrain vague, puis à nouveau le panneau. Il réfléchit et il a une idée, qu'il dit en nous regardant gravement, droit dans les yeux :

— Il faut occuper la zone !

— Quoi ?

— Vous restez là et vous ne partez pas tant qu'on ne vous force pas à partir, pour empêcher les travaux. Vous résistez. Comme à Notre-Dame-des-Landes.

On voit pas de quoi il parle. Je demande :

— Où ça ?

— Notre-Dame-des-Landes, c'est un village où l'État avait décidé de construire un aéroport et les habitants n'en voulaient pas. Du coup, ils ont occupé la zone, ils ont dormi sur place pendant des mois, et l'aéroport n'a jamais été construit. Moi je veux bien occuper la zone avec vous, par solidarité.

Je trouve ça une bonne idée mais il y a un problème :

— Les policiers vont nous déloger. Et c'est pas difficile de déloger trois enfants de 10 ans (même si Arto est plus balèze que Nils et moi).

Arto rajoute :

— Même un policier suffit.

Nils dit :

— Même un demi-policier suffit.

Même si on se demande à quoi ça ressemble un demi-policier.

DEMI-POLICIER

Possibilité 1 Possibilité 2 Possibilité 3

Mais ça montre qu'on peut toujours faire quelque chose !

Jean-Jacques est reparti. On s'est dit que si on ne trouvait pas la bonne idée là maintenant, on allait trouver. En attendant, tous les trois, on était déjà un collectif pour y réfléchir (car un collectif, ce sont des gens qui réfléchissent ensemble à comment agir, nous quoi).

Je leur dis :

— On est Le Collectif de Réflexion à Quelle Action Mener pour Sauver le Terrain Vague.

Arto dit :

— Le CRQAMSTV.

On a cru avec Nils qu'Arto avait un problème d'élocution soudain. Ou qu'il avait en fait un chewing-gum géant dans la bouche qui l'empêchait d'articuler.

— Le quoi ?

— C'est l'acronyme.

— L'acro-quoi ?

— L'acronyme : le mot formé par la première lettre de chaque mot, comme USA pour United States of America.

— Ben ce serait alors USOA ?

— Non, parce que pour les acronymes, tu ne prends que les lettres des mots importants.

C'était bof cet acronyme, et ce n'était pas facile à prononcer, ou en tout cas moins facile que NASA ou M&M's. Mais ce qui comptait, c'était surtout que le collectif existe déjà et ce qu'il allait faire.

Nils dit :

— Il faudrait plus de monde que nous trois car trois c'est pas vraiment un collectif. C'est plus une bande. Et encore, trois c'est pas vraiment une bande non plus, mais un trio.

Je dis :

— OK mais trois c'est déjà plus qu'un ou deux. Et il faut bien un début à tout, et tous ceux qui ont été nombreux ont bien commencé par être deux puis trois, non ?

Tout début
de fourmilière

Tout début
de foule

Nils hoche la tête :

— OK.

Arto enchaîne :

— Prochaine réunion du CRQAMSTV samedi, même heure, même endroit.

Nils demande :
— Et on trouve un cri de guerre ?
Je dis :
— Ben non c'est un collectif, pas une équipe de rugby ou une équipe de Koh-Lanta.
— Et alors ? On peut être un collectif, avec en plus un cri de guerre.

Arto et moi, on n'a pas réagi. Parfois je me demande si Nils le fait exprès.

Exprès de quoi ?

Jeudi

Ce soir, je regarde sur Internet si c'est déjà arrivé qu'un projet de construction n'ait finalement pas lieu : la réponse est oui. Le mieux, d'après ce que je lis, est d'aller voir le maire de la ville. Donc je vais voir sur le site de la mairie qui est le maire.

Emma entre à ce moment-là dans ma chambre, elle regarde ce que je regarde sur l'ordinateur, et elle demande :

— Tu t'intéresses à la politique ?

Je peux lui en parler au fond, elle a des bonnes idées parfois.

Je lui explique qu'on cherche une action à faire pour montrer notre désaccord afin que le terrain vague reste un terrain vague, et qu'il n'y ait pas un supermarché à la place. Et on a que deux mois.

Emma fait non de la tête :

— C'est pas une bonne idée d'aller voir le maire. Le temps que tu aies un rendez-vous, les travaux auront déjà commencé. Et si tu lui écris une lettre, tu sais pas qui ouvre le courrier ni s'il la recevra. Et même s'il la reçoit, tu seras obligé d'attendre une réponse, et les travaux auront aussi commencé.

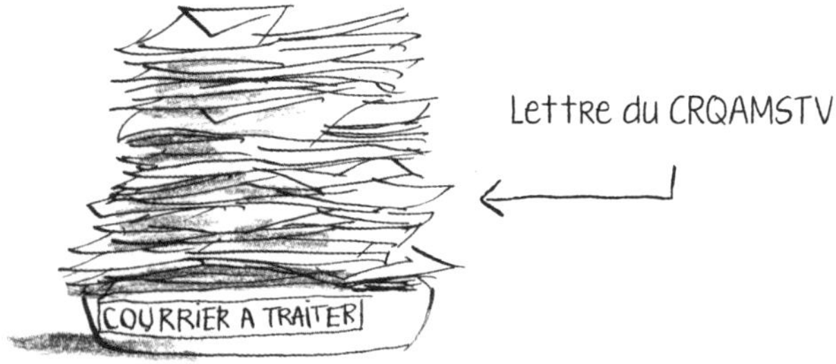

Emma réfléchit, puis elle dit :

— Tu peux alerter la télé et les réseaux sociaux, c'est mieux ça.

— Mais je n'ai ni Instagram ni TikTok.

— En fait, il faudrait trouver une star pour vous soutenir, genre Leonardo DiCaprio, ça serait plus efficace.

Mais elle change aussitôt d'avis :

— Mais, d'après moi, Leonardo DiCaprio n'acceptera jamais. Car la planète va pas non plus se mobiliser pour un terrain vague. Et si vous dites toujours « notre » terrain vague, on dirait encore moins que c'est celui de tout le monde.

Emma a raison (pas en général, mais là oui). Et c'est pas une question de Leonardo DiCaprio ou non. Le problème, c'est qu'un terrain vague, c'est pas une cause qui donne envie de se mobiliser ! En même temps, notre terrain vague c'est pas que ça. Je lui explique :

— OK, mais au-delà, c'est surtout un bout de forêt, des arbres, un petit étang, c'est pour ça qu'on y joue.

Elle hoche la tête :

— Vu comme ça, c'est déjà mieux pour Leonardo DiCaprio. Tu peux peut-être avoir un chef amérindien pour t'aider. Ou une ONG ou une association de défense de la nature connue comme le WWF. Même peut-être Greta Thunberg (ma sœur est fan de Greta Thunberg). T'as qu'à faire comme elle : une grève scolaire !

*"Oui" en quechua (c'est la langue parlée en Amazonie)

Emma continue à réfléchir à voix haute.

— L'idéal ce serait qu'il y ait une espèce d'oiseau rare qui vive dans le terrain vague, ou de libellule à protéger, ou de criquet ou de renard en voie de disparition, et là ça ne se ferait vraiment pas de détruire leur habitat.

Mais je n'écoute plus, je pense à autre chose.

Car ça m'a donné une idée !

Vendredi

Je dis mon idée à Arto et Nils en arrivant à l'école.

— Une idée de génie ! Enfin, je l'ai eue grâce à Emma hier soir, mais ce serait trop long à expliquer. C'est le terrain vague, le problème !

Arto me regarde comme si j'étais Nils.

— Ben oui, on sait, merci.

Du coup, Nils en profite pour renchérir :

— Bravo, t'es un champion, toi !

Mais non, ils ne comprennent pas.

— Le terrain vague, c'est pas une cause défendable. Alors que la nature oui, et c'est ça qu'on aime aussi dans le terrain vague. Et ça, ça se défend !

Les deux me regardent, interloqués. Je continue :

— Avec le terrain vague, on veut protéger la planète. Enfin un morceau de planète, même très petit mais quand même. Un morceau de nature dont tout le monde peut profiter. D'ailleurs, on peut aussi se battre pour que ça devienne un parc (et tant pis pour la cabane et le terrain de billes) ! Ça c'est un projet commun. On pourra même dire que ce terrain vague, c'est notre forêt amazonienne à tous !

(Pour info, si vous êtes nuls en géographie, l'Amazonie c'est la plus grande forêt du monde au Brésil, on l'appelle le poumon de la Terre car c'est grâce à ses arbres qu'on a de l'oxygène et il faut éviter que des gens la rasent, vous voyez le rapport ?)

Nils dit :

— Attention tu deviens écolo.

Peut-être, même si je sais pas trop, enfin je veux dire politiquement, ce que ça veut dire (à part aimer la nature).

Arto siffle :

— Tu as raison. C'est malin, ça se défend grave mieux ! Même contre un supermarché avec un permis de construire légal. Surtout contre un supermarché !

Nils réfléchit :

— Et du coup ça change quel genre d'actions on peut faire. Car quand le projet est meilleur, les idées de moyens pour le défendre sont meilleures aussi. C'est souvent comme ça.

Nature 1 - Supermarché 0

Là on était pleinement d'accord avec Nils. Mais la sonnerie a retenti, on devait aller en cours. Le CRQAMSTV se réunirait demain après-midi.

Samedi

Ce matin, je regarde la définition d'écolo : *Partisan de la défense de la nature, de la qualité de l'environnement*. Si c'est ça, on est tous écolos alors ou plutôt : comment ne pas être écolo, encore plus quand la planète ne fait que se réchauffer, qu'il y a de moins en moins d'insectes et d'animaux et d'arbres ? Et là, on enlèverait encore des arbres en plus (donc ce serait des arbres en moins) ?

Je le dis à mes parents au petit déjeuner.

— En fait la planète, vous vous en fichez ? C'est nul. Vous êtes pas du tout écolos !

Mes parents ne comprennent pas de quoi je parle.

Mais mon père dit que je ne peux pas leur parler sur ce ton. Et s'il y a un problème, on n'a qu'à en discuter.

Je leur reparle du terrain vague et de leur réaction l'autre soir, de New York. Et qu'on n'est plus ni au 18e siècle, ni au 19e ni même au 20e mais au 21e siècle.

— Et au 21e siècle, on rase pas des arbres comme ça pour mettre du béton à la place alors que la planète n'a pas l'air d'aller bien. Comme s'il n'y avait pas déjà assez de béton sur Terre (sans compter que ça renforce justement le réchauffement). Et si t'as un morceau de nature, tu le gardes, tu t'en occupes, non ?

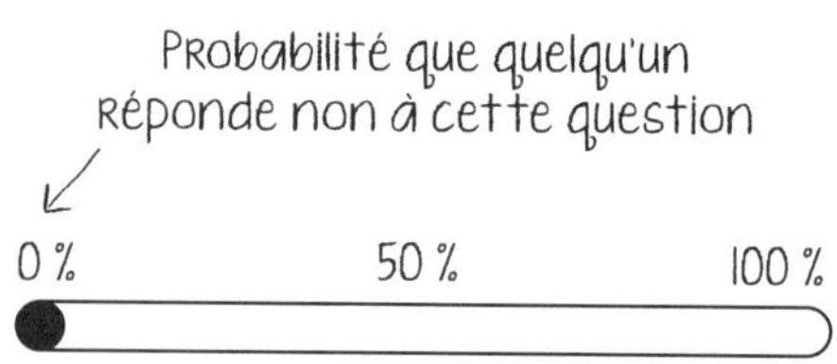

Bon, ce n'était pas vraiment leur faute, je n'avais pas expliqué ça comme ça la première fois. Mais à un moment ceux qui ne disent rien ou qui ne font rien devant un problème, ils sont quand même aussi complices du problème, non ?

ATTENTION : nouveau justicier en ville

En fait c'était ça : j'avais pas envie que la planète change, pas que le passé. Et là-dessus, il n'y avait rien à dire.

Ma mère dit :

— Je n'avais pas vu les choses de cette façon quand tu nous as parlé du terrain vague, tu as raison.

Mon père hoche la tête, il est d'accord avec elle :

— Oui, c'est vrai, on n'a pas eu la bonne réaction.

J'avais lu dans mes recherches sur Internet que l'Europe elle-même avait décidé qu'en 2050, on ne pourrait plus construire sur un espace vert, je le dis à mes parents. Mais 2050, c'est dans trop longtemps.

— C'est pour ça qu'avec Nils et Arto, on réfléchit à ce qu'on va faire.

— C'est-à-dire ? Vous allez faire quoi ?

— Vous verrez.

Et je suis parti rejoindre mes copains, avec un air mystérieux mais sûr de moi (en même temps, ce qu'on allait faire concrètement, ça restait un mystère pour moi aussi).

RAISON DE PRENDRE UN AIR MYSTÉRIEUX :

- A : Pour que les autres sachent bien qu'ils ne sauront rien avant le jour J
- B : Parce qu'on n'en sait rien soi-même
- C : Parce que A + B

Samedi (toujours)

On s'est retrouvés devant le terrain vague. Arto a pris son ballon de foot avec lui. Il nous demande :

— On joue d'abord puis on se réunit ? Ou on se réunit d'abord puis on joue ?

Nils dit :

— Venez, on joue d'abord.

Arto et moi on est d'accord aussi.

Et on a hyper bien joué. On avait le feu. Puis on s'est assis.

Nils sort une liste écrite à l'ordinateur avec marqué au-dessus : CRQAMSTV. On regarde la liste.

Nils avait bien travaillé. Il montre la liste.

CRQAMSTV

AUTRES MOYENS D'ACTION POUR SAUVER NOTRE FORÊT AMAZONIENNE :

- Sit-in (manifestation non-violente où l'on s'assoit en groupe sur la voie publique)
- Remplacer le panneau avec un dessin du parc et des enfants qui jouent
- Lettre anonyme menaçante au patron du supermarché
- Dispersion des caddies sur le parking des autres supermarchés de la même marque en signe de protestation

— J'ai oublié de mettre qu'on peut faire aussi une action activiste et lancer de la soupe sur les tableaux du musée local, enfin que sur ceux qui ont une vitre sinon ça va nous coûter une fortune. Enfin pas à nous directement, mais à nos parents, même s'il doit y avoir des assurances pour ça.

Arto fronce les sourcils, en regardant Nils :

— Mais il n'y a pas de musée ici ?!

Nils prend un air résigné pour dire :

— Je sais, c'est ça le problème. Et puis ce sont surtout les Anglais qui font ça.

On ne sait de nouveau pas trop comment réagir avec Arto, car Nils n'a pas l'air de blaguer. Mais ça me donne une idée (pas une idée de génie mais une idée plus classique) :

— Pourquoi on ferait pas une manifestation, tout simplement. C'est moins spectaculaire mais parfois ça marche (sans pour autant chercher à mettre tout le pays à l'arrêt). Et ça c'est français.

Nils réfléchit en se mordant la lèvre à nouveau :

— C'est pas sur la liste mais c'est bien.

Arto trouve ça bien aussi. Il dit :

— Et puis parfois les idées les plus simples sont les meilleures.

Le CRQAMSTV avait officiellement trouvé son idée d'action à mener. Nils propose qu'on le rebaptise donc le CRCOCM.

— Le quoi ?

— Le Collectif de Réflexion sur Comment Organiser Concrètement la Manifestation.

Arto et moi on était d'accord car il y avait plein de questions concrètes à résoudre maintenant. Et aucun de nous trois n'avait jamais organisé de manifestation, même si on avait déjà participé à certaines (avec nos parents). Et c'était mieux si on y réfléchissait à trois, de façon collective quoi. Sauf qu'Arto a regardé sa montre et il était en retard. Il dit, en reprenant son vélo :

— On en parle lundi les gars, là j'ai basket !

Alors, Nils et moi on est rentrés chacun chez soi.

Dimanche

Aujourd'hui : repos mérité du guerrier.

Enfin : repos mérité pour avoir trouvé l'idée et pour prendre des forces avant la guerre (enfin plutôt avant la lutte pour notre forêt amazonienne).

PROGRAMME

DE LA JOURNÉE DE REPOS DU GUERRIER :

- Cours de japonais
- Compétition d'échecs
- Yoga
- Construction d'un robot

Mais non, je rigole.

VRAI PROGRAMME
DE LA JOURNÉE DE REPOS DU GUERRIER :

- Dessiner
- Jouer aux jeux sur le téléphone de ma mère
- Regarder un film
- Boire un bubble tea
- Faire mes devoirs (bon ça, j'ai pas le choix)

Lundi

Lundi, à la récré après la cantine, Arto sort un papier, il a déjà noté cinq points qu'on doit résoudre. Mais Nils fait remarquer que cette fois il n'y a pas le nom du collectif marqué en haut.

— Oui, et alors ?

— Ben c'est mieux quand il y a le nom du collectif, ça fait plus sérieux.

Arto s'en fiche et il tend la liste qu'il a rédigée.

QUESTIONS CONCRÈTES AUXQUELLES RÉPONDRE
POUR ORGANISER UNE MANIFESTATION :

- Choisir une date et une heure
- Fabriquer des pancartes
- Faire connaître notre manifestation
- Demander l'autorisation à nos parents
- Demander l'autorisation à l'Élysée (?)

On décide de prendre les points un à un. D'abord, on sort nos agendas de classe, on les feuillette et je demande :

— On l'organise dans deux semaines ? C'est bien ça, non ? Le samedi 17 matin ?

Nils dit :

— Pas le matin, j'ai cours d'échecs.

— Alors l'après-midi ?

Arto dit :

— L'après-midi j'ai une compétition de basket. Le dimanche 18 plutôt ?

Nils dit :

— Dimanche, j'ai une communion l'après-midi.

Alors je dis :

— Le dimanche matin ?

Arto demande en me regardant :

— T'as pas judo ?

— Oui, mais quand on a une lutte à mener, il faut bien faire certains sacrifices. Je me dévoue : j'irai pas au judo.

Les deux sont d'accord (forcément).

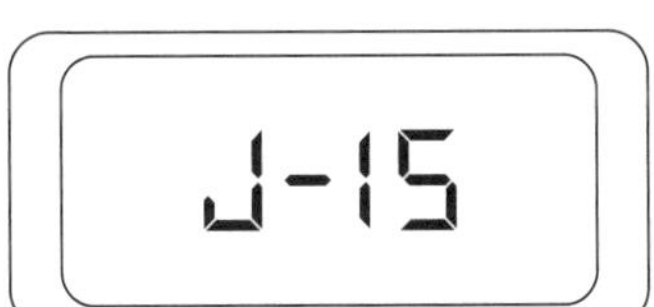

Nils précise :
— Il faut faire la manif en public, pas chez soi.
— Ben oui.
— Oui je sais, mais je reprécise. Et donc il faut aussi trouver un lieu où la faire.
— Ben ici, devant le terrain vague.
— Il faut faire un parcours sinon c'est un rassemblement, pas une manifestation, et il y aura moins de gens qui verront notre action.

Nils a raison. Je propose :
— On peut partir de l'école et venir jusqu'ici. À pied, ça prend quarante minutes.
OK, tous les trois, on trouve ça bien. Arto dit :
— Il faut des pancartes aussi. Ou un grand bandeau qu'on porterait à l'avant de la manif qu'on tiendra tous les trois, avec un message fort.
— Et un slogan qu'on peut chanter. Pas un cri de guerre, je veux dire un vrai slogan. Il y a ça dans toutes les manifestations. D'ailleurs ça peut être la même chose que ce qui est écrit sur le bandeau.

Nils a encore raison (il cherchait à regagner des points, ou alors il était plus concentré que d'habitude). Il ajoute :

— Et autre chose importante : des saucisses !

— Quoi, quelles saucisses ?

— Il faut des saucisses dans une manifestation. J'ai vu ça à la télé, ils mangent toujours des saucisses.

— Pourquoi ?

— Je sais pas. Pour se donner des forces, je suppose. Ou alors la saucisse est un symbole de toutes les luttes.

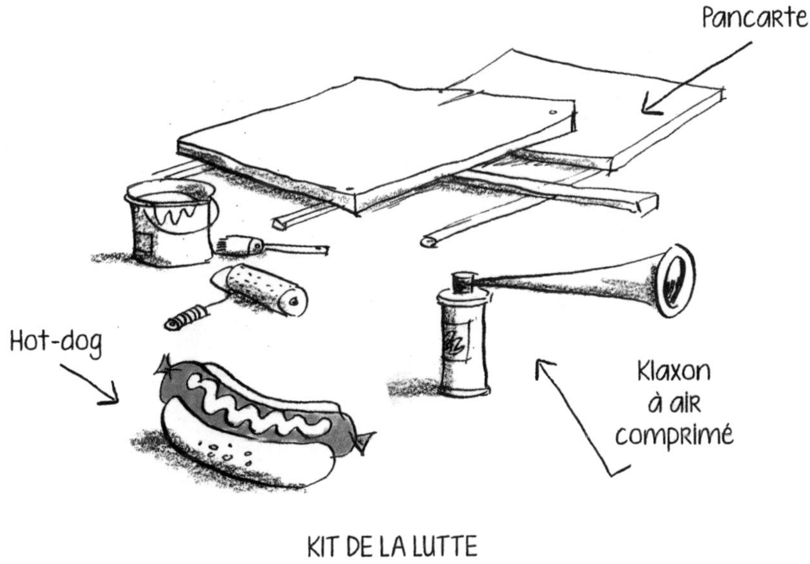

KIT DE LA LUTTE

Nils ajoute :

— Certains ont même un barbecue sur roulettes pour faire avancer le barbecue en même temps que les manifestants.

Je lui dis d'oublier :

— Ça mes parents ne seront jamais d'accord, c'est trop dangereux.

— Comment tu sais, tu leur en as déjà parlé ?!

— Non, mais je les connais (ce sont mes parents).

Arto propose :

— On n'a qu'à prendre des knackis froides, ça marche aussi.

Nils est d'accord, ce qui compte c'est l'esprit de la saucisse, peu importe quelle saucisse exactement.

Bon là, on s'éparpillait. Il fallait reprendre les choses dans l'ordre et penser aux slogans d'abord. On a pris une feuille de papier pour les noter, sinon on allait oublier.

Chacun dit ce qui lui vient en tête.

Éric et Rick et d'autres copains de la classe se joignent à nous.

Jean-Jacques aussi, et Emma. Ils regardent ce qu'on a commencé à noter (pour certains slogans, on a repris des slogans d'autres manifestations qu'on a un peu modifiés).

LISTE DE SLOGANS :

- Changeons le système, pas le terrain vague
- Urgence espace vert
- Il n'y a pas de terrain vague B
- Planète verte, pas grise
- Justice pour le terrain vague

Emma réfléchit :

— Vous pourriez mettre : *Terrain vague à l'âme*.

C'était poétique comme slogan, mais pas très clair, ou ça risquait de ne pas être très efficace (en même temps, elle a 8 ans et à son âge, on manque souvent d'expérience en matière de manifestations).

Jean-Jacques propose :

— Et : *Consommation, je dis non. La belle vie, je dis oui* ?

Mais on n'est pas convaincus non plus.

Éric propose :

— *Pas de nature, pas de futur*. Ou alors *Nature = futur* ?

Ah oui ça, ça claque ! On le répète tous l'un après l'autre, c'était vachement bien. Ça, ce serait pour le bandeau. Mais il fallait encore des slogans différents pour les pancartes.

En classe, on continue à s'échanger des idées de slogans sur une feuille qu'on fait passer de copain en copain pour faire une chaîne.

Arto a pensé à : *Des arbres, pas du bitume.*

Igor a ajouté : *Respirer, pas consommer.*

Le directeur (c'est lui qui nous donne cours aujourd'hui car notre professeure de CM2 est absente) intercepte la feuille. Il la déplie et la lit à voix haute, en terminant par ce que je viens d'écrire.

— *Oui au terrain vague, non au carnage.*

Il fronce les sourcils, il me regarde.

— Gaspard, une explication ?

Du coup, j'explique tout.

Une fois que j'ai fini, le directeur demande, en cherchant à déchiffrer ce qu'il est écrit en haut de la feuille :

— Et ça veut dire quoi : CRCOCM ?

— Collectif de Réflexion sur Comment Organiser Concrètement la Manifestation.

— Mmm. Intéressant. Et il y a qui dans le CRCOCM ?

Arto, Nils et moi, on lève la main.

Le directeur demande :

— Et vos parents, ils en pensent quoi ?

Je réponds :

— On ne leur a pas encore dit, mais on va le faire. C'est un des points sur la liste qu'on a écrite et qui reprend tout ce qu'on doit faire.

Car c'est vrai, à un moment, il faudra bien avoir des adultes avec nous pour nous aider, ou du moins pour ne pas nous empêcher de manifester.

Le directeur réfléchit puis il dit :

— C'est une très bonne idée cette manifestation, si vos parents sont d'accord !

Ça m'étonne. J'ajoute :

— Et on doit demander aussi à l'Élysée.

Le directeur sourit et dit que c'est pas à l'Élysée, mais à la mairie, qu'il faut demander l'autorisation de manifester.

Arto répond tout de suite :

— Oui mais c'est le maire qui a autorisé le supermarché.

— Ce sont deux choses différentes. Le maire peut autoriser la construction d'un supermarché, mais il doit autoriser les gens à s'exprimer s'ils sont contre. C'est dans la Déclaration des droits de l'homme et du citoyen : le droit de manifester est un droit fondamental. Mais ce sont vos parents qui doivent en faire la demande.

Puis le directeur ajoute :

— Et si vos parents sont d'accord, et si vous trois, enfin si le CRCOCM est d'accord, on peut même vous aider. Ça fera un bon projet pédagogique et une sortie scolaire.

Arto, Nils et moi on se regarde en souriant.

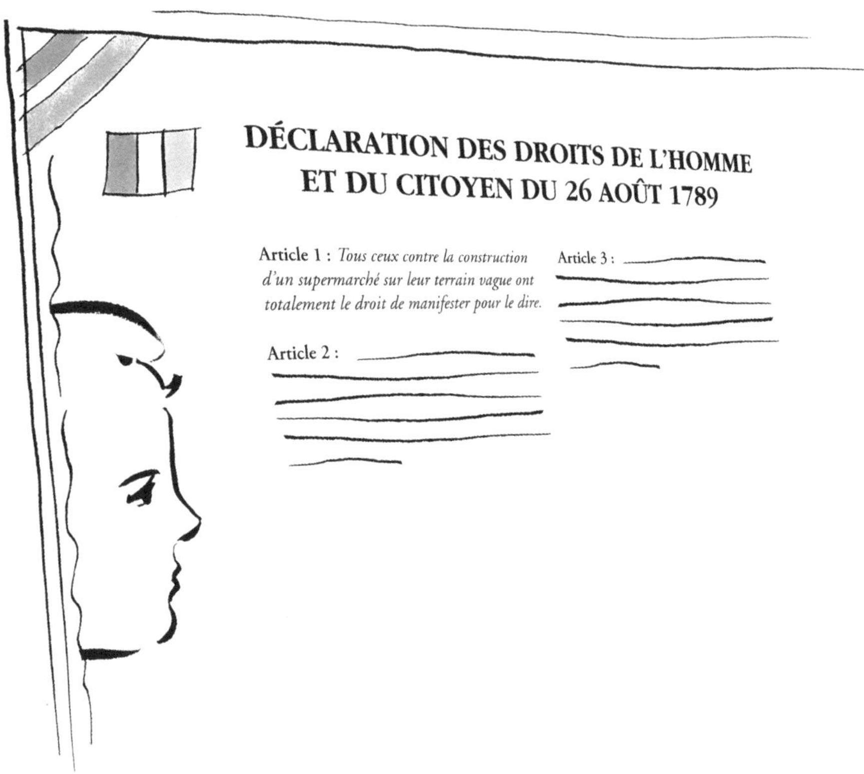
DÉCLARATION DES DROITS DE L'HOMME
ET DU CITOYEN DU 26 AOÛT 1789
Article 1 : Tous ceux contre la construction d'un supermarché sur leur terrain vague ont totalement le droit de manifester pour le dire.
Article 2 :
Article 3 :

Le directeur dit enfin :

— Je mettrai un mot dans vos cahiers de liaison et ceux dont les parents signeront pourront participer, car il vous faudra de l'aide pour faire venir des gens.

En tout cas, nous on est d'accord. Plus on est, mieux c'est !

Mardi

Ce matin, j'ai tout expliqué à mes parents au petit déjeuner (ils étaient sortis hier soir et si je les avais attendus et qu'ils m'avaient vu encore debout à minuit, ils n'auraient pas été contents et je n'aurais pas mis toutes les chances de mon côté). J'ai expliqué : la manifestation, le collectif, le projet de forêt amazonienne (enfin le projet de parc pour tous), la réaction du directeur, la date de début des travaux qui approchait, la demande d'autorisation qu'il fallait faire à la mairie, les slogans...

Ça faisait beaucoup à expliquer d'un coup, et je m'embrouillais un peu alors que je voulais dire les choses dans l'ordre.

Et tout ce qui comptait, c'était la question que j'avais depuis le début :

— Vous êtes d'accord ?

Comme ils ne réagissent pas, et qu'ils se regardent avec des yeux tout ronds sans rien dire, j'ajoute :

— D'accord ou non, de toute façon moi je manifesterai. C'est un droit fondamental français. Et c'est important notre manifestation : c'est de la planète qu'il s'agit !

J'avais pas envie d'ajouter que s'ils disaient non, je devrais alors envisager de refaire une fugue (j'en avais déjà fait une mais je les avais tenus au courant avant). Car je vais pas faire une fugue chaque fois qu'eux et moi on n'est pas d'accord (et ça demanderait encore une sacrée organisation, même si je maîtrisais un peu plus le sujet).

Mais ils me regardent tous les deux et ils disent :

— OK.

— Oui, c'est un beau projet de vouloir défendre des arbres.

J'étais étonné à nouveau. Peut-être qu'il n'y a qu'en France que des parents peuvent encourager leurs enfants à manifester (en plus du directeur).

Ma mère demande :

— Et vous voudriez faire ça quand ?

— Le dimanche 18 matin, mais du coup ça veut dire que j'irai pas au judo.

— Ah OK, c'est déjà fixé. Bon d'accord, tant pis pour le judo.

Mon père dit qu'il s'occupe de la demande d'autorisation à la mairie et il demande à voir la liste des slogans.

Il trouve ça bien, sauf un qu'on avait rajouté après les cours : *Supermarché tu nous auras aux fesses.*

Il dit :

— Il faut rester digne dans l'action. En revanche, il n'y a pas de temps à perdre car c'est dans dix jours, et c'est bien d'avoir des slogans mais ce qui compte dans une manifestation c'est qu'il y ait du monde ! Car s'il n'y a personne, c'est pas une manif.

NATURE = FUTUR !
PAS DE NA[...]URE PAS DE FUTUR

Jeudi

Je suis en retard dans mon journal car franchement, on n'a pas arrêté depuis trois jours. Tout le monde s'y est mis, les copains de classe, mes parents, ma sœur (Emma, pas Dagmar), et tous ceux qui voulaient bien nous aider et on a été super efficaces (ça confirme une règle que j'ai inventée : *Plus on réfléchit en amont, plus on est rapide dans l'action !*).

DIMANCHE 18 AVRIL DEVANT L'ÉCOLE ROMAIN GARY
MANIFESTATION POUR SAUVER L'ESPACE VERT AU CROISEMENT DES RUES PEREIRE et DENFERT-ROCHEREAU
AIDEZ-NOUS À PRÉSERVER CE BOUT DE NATURE POUR QUE TOUT LE MONDE EN PROFITE
LE BUT: EN FAIRE UN PARC POUR TOUS ET NON UN SUPERMARCHÉ.
ON COMPTE
SUR VOUS !
GASPARD-NILS-ARTO-LEURS COPAINS-LEURS PARENTS ET TOUTE L'ÉCOLE ROMAIN GARY

On a collé des affiches, distribué des flyers par centaines. Dans les boulangeries, les cafés, les restaurants, les commerces, les autres écoles du quartier, dans les boîtes aux lettres (même à la mairie) de toutes les rues qu'on pouvait parcourir. C'est Bertie, notre maîtresse, qui avait rédigé le texte.

Les professeurs des autres classes aussi ont aidé, sur le temps de l'étude. Il y avait une agitation, une excitation. C'était rigolo en plus, tout le monde courait dans tous les sens, avec le directeur qui dirigeait les opérations. Il donnait des piles de flyers, cochait sur une liste là où on était déjà allés et disait où il fallait aller maintenant. C'était un peu comme un jeu de piste (mais avec une organisation un peu militaire).

C'est un chouette type le directeur en fait, alors que je trouvais avant qu'il était rigide comme une porte de prison. Il m'a dit qu'il y jouait aussi dans ce terrain vague quand il était petit, c'est aussi pour ça qu'il tenait à nous aider. Ça me semblait bizarre car pour moi c'était pas possible, je croyais qu'il était plus vieux que les arbres, mais peut-être que non.

Le soir, mes parents envoient des mails et passent des appels pour mobiliser leurs amis. Et des amis d'amis. Chacun leur donne le nom de quelqu'un d'autre à appeler : l'un connaît un journaliste, un autre une ONG qui pourra peut-être en parler aussi. C'est comme une chaîne. C'est même remonté jusqu'au maire grâce au directeur qui le connaît (mais le maire a approuvé le projet de supermarché et il a dit que c'était compliqué de revenir dessus, mais si la mobilisation était suffisamment grande, il pourrait peut-être en reparler, pour voir s'il y a d'autres solutions).

Les parents d'Arto et de Nils aussi sont à fond.

C'est comme une boule de neige qui grossit.

On a abandonné le nom du collectif pour le remplacer par quelque chose de plus simple : Collectif pour la manifestation du dimanche 18 mars pour la sauvegarde de la nature. Cette fois, on n'a pas fait d'acronyme (sinon ça serait le CMD18MSN, et là honnêtement ça donne plus envie de fuir que de rejoindre le collectif).

Nils dit :

— Pierre qui roule n'amasse pas mousse.

On le regarde étonnés, mais il a un sourire en coin.

Il blague en fait. Il explique :

— Pourquoi c'est drôle ? Parce que c'est justement l'inverse qui se passe !

Nom : Nils

Âge : 10 ans

Caractéristique :
Content de ses blagues

Dimanche

Aujourd'hui, j'ai fait que mes devoirs, aller au judo et dormir. Franchement, organiser une manifestation, c'est épuisant !

Et là, c'est pile dans une semaine.

IL RESTE ENCORE À FAIRE :

- Coller encore des affiches
- Fabriquer les pancartes (c'est limite un vrai travail de construction)
- Peindre le grand bandeau
- Acheter des knackis

Mardi

J'ai eu un doute soudain en me levant (et il a duré toute la journée) : peut-être que ça ne va pas marcher. C'est vrai, ça sert à quoi cette manifestation au fond ? Je veux dire : si ça marche, mais pas suffisamment ?

Car c'est pas parce que vous mettez un flyer pour une manifestation dans une boîte aux lettres que la personne qui le reçoit vient à la manifestation. Et ça peut même créer de la déception si la manifestation ne marche pas ou si ça change rien au projet de supermarché.

Car, en plus de tous ceux qui nous aident et pourraient être déçus, une manifestation ça crée un espoir que les choses vont changer.

Heure de la manifestation
- 5 minutes

Heure de la manifestation
+ 5 minutes

Certains ont même commencé à s'imaginer leur espace vert, on l'a dessiné chacun au cours d'arts plastiques. Il y en a qui veulent encore plus d'arbres, que ce soit une vraie jungle, avec des palmiers, des bananiers (ils ont pris la forêt amazonienne au pied de la lettre alors que c'était une image).

D'autres qui s'en fichaient au départ de ce terrain vague ne s'en fichent plus. Donc si le supermarché était quand même construit, je me sentirais responsable en voyant les gens déçus.

Et beaucoup plus de monde l'auraient en travers de la gorge, comme dirait ma grand-mère (c'est une expression pour dire « avoir les boules »), quand ils iraient faire leurs courses.

En même temps, c'est trop tard.

Arto voit à ma tête que j'y pense pendant qu'on court autour de la piste d'athlétisme au cours de sport (je ne suis pas vraiment dans le rythme et je dois avoir une tête bizarre). Il dit :

— On va bien trouver des gens pour qui c'est important aussi. On est huit milliards sur la Terre, on pourra bien en trouver une centaine.

Nils nous a rejoints :

— Oui, t'inquiète, car là dans le collectif, si tu comptes les élèves, les professeurs, nos parents, on est quand même déjà près de cinquante.

Jean-Jacques arrive et diminue sa cadence pour rester à notre hauteur (il a des grandes jambes, pour lui la course c'est plus facile). Il dit :

— L'important est d'aller jusqu'au bout de ce que tu peux faire, comme quand tu joues à un jeu vidéo. T'es jamais sûr d'arriver au bout, mais tu continues et tu verras bien où tu arrives.

— Oui, enfin c'est pas vraiment la même chose.

Mais Jean-Jacques poursuit son idée :

— Tu le fais pour les arbres. Quand tu doutes, pense aux arbres. Ils ont besoin de toi, et eux ils ne doutent pas.
— En même temps il y a plein de choses qu'ils ne font pas.

CHOSES QUE LES ARBRES NE FONT PAS :

- Des devoirs
- Du foot
- Se couper les ongles
- Ranger leur chambre (ou les quelques mètres de terre autour d'eux)

Jean-Jacques répond :
— OK, mais il y a plein de choses qu'ils font aussi : stresser, s'entraider, communiquer entre eux, réagir à la musique. C'est prouvé scientifiquement, c'est juste qu'on ne le voit pas. Et pour

les Indiens Jivaros, un peuple en Amazonie, les plantes sont des amies, et les animaux sont des parents. On les respecte, on leur parle.

— Mmm.

Puis Jean-Jacques est reparti comme une flèche.

Pour terminer ma journée de gros doute, le soir mon père me dit (il doit sentir quelque chose ou ça se voit encore sur ma tête) :

AIR DE GROS DOUTE (INVOLONTAIRE)

— C'est bien ce que tu fais, tu sais. On est fiers de toi que tu t'engages comme ça. Moi, à ton âge, je n'aurais jamais fait ça.

Il m'avait déjà dit ça quand j'avais fait une fugue, comme s'il était fier de tout ce que lui n'avait pas fait et que je faisais moi (enfin seulement si ce sont des trucs bien et que je ne cours aucun risque et que je ne le fais pas en cachette, ce qui fait beaucoup de conditions).

Mon père laisse un silence puis il ajoute :

— On peut pas tout contrôler. Mais ça se passera bien, je suis sûr.

— Comment tu peux en être sûr ?

— Parce que je le sens.

Je pense soudain à un truc :

— Et s'il y a des manifestations anti-parc ou pour le supermarché, parce que des gens trouvent que le supermarché le plus proche n'est pas si proche, ou parce qu'ils préfèrent un supermarché à un parc ?

— Impossible, ça n'existe pas, ça. Et si ça existait, ce seraient des cons.

— Quoi ?

Je suis étonné qu'il dise un gros mot. Mais il dit que ce n'est pas un gros mot dans ce cas-ci, mais un fait :

— Si des gens font ça, ce seraient des vrais cons.

Puis il me fait un clin d'œil. Maman arrive et demande soudain :

— Vous avez préparé un discours ?

— Oh zut, ça, j'avais zappé !

Du coup, Zut est arrivé à nouveau dans la pièce, toujours content qu'on l'appelle et qu'on pense à lui.

Mercredi

Il faut un discours. Je le dis dès que je vois Arto et Nils.

— En plus des slogans, je veux dire.

Nils et Arto disent aussitôt :

— OK, mais ça on fait pas.

— Sérieusement ? Ou alors on le fait tous les trois, c'est le collectif qui parle.

Arto dit :

— Parler en public, c'est vraiment pas mon truc.

Je veux bien organiser, mais pas parler.

Nils hoche la tête :

— Pareil, en plus si je le fais je bredouille, ça va pas aider. Et c'est ton idée cette manifestation, à toi l'honneur.

Arto rajoute :

— Et j'ai encore trois pancartes à fabriquer, hier j'ai galéré à faire tenir le carton sur le manche.

J'aime pas ça non plus parler devant des gens, comme quand je dois aller au tableau pour réciter un poème (en plus très souvent je rougis). Mais j'ai pas le choix, je le vois bien : c'est à moi de m'y coller.

Arto dit :
— Mais si tu veux on se mettra derrière toi, on fera bloc.
Nils insiste :
— Ou même à côté de toi, de chaque côté, mais honnêtement, tu feras ça mieux que nous.
Arto ajoute, en mettant sa main sur mon épaule :
— Et tu seras très bien !

En arrivant à la maison, je tente de voir si je ne peux pas quand même ne pas faire de discours. Ça doit exister des manifestations sans discours, non ? Je demande à Emma ce qu'elle en pense.

Emma réfléchit puis elle dit :

— Bah, c'est quand même plus efficace de faire un discours. Limite, sans discours, c'est pas génial. Et regarde Greta Thunberg, c'est parce qu'elle avait 15 ans que ce qu'elle a dit a eu un effet. Alors à 10 ans c'est encore mieux ! Si ça avait été une personne de 40 ans, ça aurait été nul. Et si elle n'avait rien dit du tout, je suis pas sûre que ça aurait eu le même résultat.

Je ne suis pas trop dans une humeur Greta Thunberg, je suis retourné dans ma chambre. Je n'y échapperai pas à ce discours.

Du coup, je regarde ce qu'il y a déjà eu comme grands discours célèbres (ce qui voulait dire qu'ils avaient été forts) :

- Martin Luther King : *I have a dream* (*J'ai un rêve*), même si ici c'est juste un espace vert à protéger, c'est pas non plus une question d'égalité des droits ou de la fin du racisme.

- Nelson Mandela : *An ideal for which I am prepared to die* (*Un idéal pour lequel je suis prêt à mourir*). Prêt à mourir pour un terrain vague ? Non, quand même pas, il faut pas exagérer.

- Barack Obama : *Yes we can* (*Oui, nous le pouvons*). Ça c'est mieux déjà comme référence. Le discours se termine par « Oui nous pouvons réparer ce monde », même si dans notre cas il n'y a rien à réparer (ou pas encore, parce que le terrain n'est pas encore détruit, vous voyez ?).

- Greta Thunberg à l'ONU : *How do you dare ?* (*Comment osez-vous ?*). C'est le discours qui s'applique le mieux dans la situation. Je peux peut-être changer le texte pour qu'il soit adapté pour dimanche.

TEXTE DE GRETA THUNBERG REMANIÉ :

Vous avez volé ~~mes rêves~~ notre terrain vague
et ~~mon~~ notre enfance avec ~~vos paroles creuses~~
votre supermarché.

~~Les gens souffrent, les gens meurent.~~
Des écosystèmes entiers s'effondrent dont celui
du terrain vague bientôt, nous sommes au début
d'une extinction de masse et tout ce dont vous
pouvez parler, c'est ~~de l'argent et du conte de
fées d'une croissance économique éternelle~~
de rajouter du béton dans la ville.

Comment osez-vous ?

~~Greta (15 ans)~~ Gaspard (10 ans)

Bof, c'était un peu bizarre quand même, et pas très original (c'est carrément copier sur elle, même si c'est pour la bonne cause). Je peux aussi écrire un truc tout seul.

Je me suis enfermé dans ma chambre après le dîner et j'ai mis un panneau sur ma porte pour qu'on ne me dérange pas. J'ai vraiment besoin de me concentrer.

Samedi

On passe tout en revue avec Nils et Arto encore une fois, pour voir si on est prêts, si on n'a rien oublié. On est assis devant le terrain vague, liste en main.

Il ne manque rien.

Nils demande :

— Et ton discours ?

— C'est fait aussi.

Je ne dis rien de plus.

Du coup, on peut jouer au foot.

Et ça fera du bien, ça évacuera le stress.

Car c'est demain. Et ça, c'est stressant.

Dimanche (7 h 02)

Je me suis réveillé hyper tôt. C'est le jour J (comme on dit l'heure H).

EXPRESSIONS QU'ON NE DIT POURTANT PAS
(ALLEZ SAVOIR POURQUOI) :

- La semaine S
- Le mois M
- L'année A
- La décennie D

Sur mon assiette au petit déjeuner, il y a un cadeau emballé. Mon père attend que je l'ouvre.

Je déchire le papier : c'est un mégaphone.

Mon père me dit que j'en aurai besoin pour crier les slogans et faire mon discours, surtout s'il y a du monde. Trop bien !

Vers 10 heures, on s'est mis en route, avec mes parents, histoire d'être en avance. Mes parents ont proposé de se déguiser en arbres mais j'ai dit que, honnêtement, c'était mieux s'ils restaient habillés comme ils étaient. Sinon les gens allaient croire que c'était pas une manifestation mais un truc déguisé (genre une parade ou une fête de printemps) et ils repartiraient aussitôt.

On est arrivés devant l'école une demi-heure avant l'heure du rendez-vous. Nils et Arto et leurs parents arrivent aussi (sauf le père de Nils), et le frère de Nils et la sœur d'Arto.

On regarde nos montres. On guette pour voir s'il y a des gens qui vont venir. Trois professeurs arrivent.

On vérifie tellement souvent l'heure qu'il est pour voir quand il sera 11 heures, que le temps passe hyper lentement, minute après minute. On stresse fort en fait.

MONTRE DE MÉGASTRESSÉS

Et s'il n'y avait personne ? Ça scrait moche, comme quand ça arrive à un anniversaire. Mais deux autres arrivent (Igor et sa mère), puis Éric et Rick avec leurs frères et sœurs et trois autres. Et le reste des professeurs, d'autres élèves, le directeur avec sa famille. Puis encore d'autres personnes que je ne connais pas (et il n'est pourtant que 10 h 50).

Ça commence à ressembler à quelque chose, c'est pas encore une foule, mais en tout cas c'est plus qu'un trio.

On déroule alors la banderole avec Arto et Nils. Elle mesure trois mètres de long avec écrit en grand : *NATURE = FUTUR*.

En deux mots en lettres capitales, bam ! on comprend tout (ou du moins le sens de notre manifestation). D'autres personnes nous rejoignent.

On commence à avancer en criant (et moi au mégaphone, du coup tous ensemble ça résonne hyper fort) : « Nature égal Futur ! Nature égal Futur ! Sauvons cet espace vert ! »

Et tout le monde se met derrière nous.

Des nouveaux arrivent encore : des amis de mes parents, la boulangère du coin de la rue (où je vais acheter un goûter le mardi), mon équipe de judo, et celle de basket d'Arto, et des patients des parents de Nils, et plein d'autres. On doit être cent ! Plus même.

Arto, Nils et moi on n'en revient pas. On regarde en arrière tout en marchant.

— T'as vu ?

— C'est incroyable !

— C'est un truc de fou.

Il y a des pancartes qu'on n'avait pas faites nous, avec écrit d'autres slogans comme *Je veux des arbres (et un parc)* ! Ou : *Ma pancarte est pourrie, le supermarché le sera aussi*. Ou encore : *Ras-le-bitume*. Il y en a qui ne sont pas en rythme quand on crie le slogan, et même un qui mélange les mots et dit « Nature égal espace vert ! Sauvons le futur ! » Mais c'est bien aussi. C'est un peu comme dans Astérix, on a l'impression d'être des Gaulois qui résistent.

Le père de Nils est arrivé (il a une grande barbe). Il a avec lui un chariot rempli avec des sacs de pain, de knackis, des bouteilles de ketchup. Nils le rejoint et compose deux hot-dogs (mais pas chaud, donc en fait c'est plus des cold-dogs, mais on va pas commencer à faire les difficiles). Il nous les tend, puis il en fait un pour lui. Il croque dedans en souriant. C'est son meilleur moment, là à l'avant du cortège en mangeant son hot-dog (en plus, ils sont hyper bons).

Dimanche (11 h 58)

On arrive tous devant le terrain vague (on a mis dix-huit minutes de plus que prévu) ! Tout le monde scande encore le slogan. Je prends le mégaphone et je monte sur un petit talus pour prendre la parole.

Vu de là où je suis, c'est en fait genre trois cents personnes : des jeunes, des vieux, des femmes, des hommes, des familles, des gens avec leur chien, leur chat, et même un type qui filme avec une caméra et un micro d'une chaîne de télé, des gens dont la tête me dit quelque chose et d'autres pas du tout.

Je commence mon discours, je l'ai écrit en grand pour ne pas devoir rapprocher ma feuille de papier trop près (et je l'ai relu plusieurs fois pour le connaître quasi par cœur).

Je ne vous le fais pas en entier, mais à un moment je dis :

— Et ces arbres sont comme des gens de notre famille. On les voit depuis qu'on est nés. On n'a pas envie qu'ils disparaissent. Le bon sens c'est de ne pas les détruire, de ne pas détruire tout ça, ce bout de forêt.

Ils applaudissent mais je n'ai pas fini. Je fais des grands gestes pour le leur dire, alors ils arrêtent d'applaudir et je peux continuer :

— Et chez les Indiens Jivaros, dans la forêt amazonienne, les arbres sont vraiment des membres de la famille. Et ici aussi.

Je pointe les arbres du terrain vague un à un :

— Alors là c'est mon cousin Adrien, là c'est ma tante Jeanne, là c'est mon neveu Casper, là ma grand-mère Inès. Et pour nous, c'est notre forêt amazonienne ! Des membres de notre famille !

Tout le monde applaudit encore plus fort (cette fois, ils peuvent, et je fais un geste pour dire que j'ai fini, pour que tout le monde soit sûr). Je suis heureux d'avoir dit tout ça (et d'y être arrivé).

Jean-Jacques est à quelques mètres devant moi, il lève le pouce, je lève le pouce en retour (je le lui dois cette histoire d'Indiens Jivaros et j'ai l'impression que ça a parlé aux gens).

Mes parents et les professeurs commencent à crier : « Nature égal Futur ! » Les autres personnes aussi, ça résonne hyper fort partout autour de nous ! Tous ces gens qui répètent : « Sauvons cet espace vert ! Sauvons cet espace vert ! »

Mes parents s'approchent pour me dire qu'ils sont fiers de moi. Je suis fier de moi aussi (on peut l'être parfois, on a le droit).

Soudain, Nils enlève son t-shirt, il a un slogan sur son torse.

Et Arto s'accroche un badge où il est écrit : CVMAE. Je cherche ce que ça peut vouloir dire mais je ne trouve pas.

— Ça veut dire quoi ?

— Collectif pour Vérifier que la Manifestation Aura un Effet.

Arto est déjà dans l'après, pour vérifier que tout ça sert à quelque chose (et aussi parce qu'il aime bien les acronymes et les badges).

La personne qui filme vient nous voir. Elle dit :

— On va passer un sujet sur la manifestation dans le journal télévisé ce soir. Et demain matin aussi.

Le directeur est venu avec un homme avec une barbe, j'ai cru que c'était le père de Nils (il lui ressemble). Je veux dire merci pour les saucisses mais avant que je le dise, le directeur dit :

— Gaspard, Arto et Nils, je vous présente Joachim qui travaille pour une association de défense de la Nature.

Il se tourne vers le père de Nils qui n'est donc pas le père de Nils.

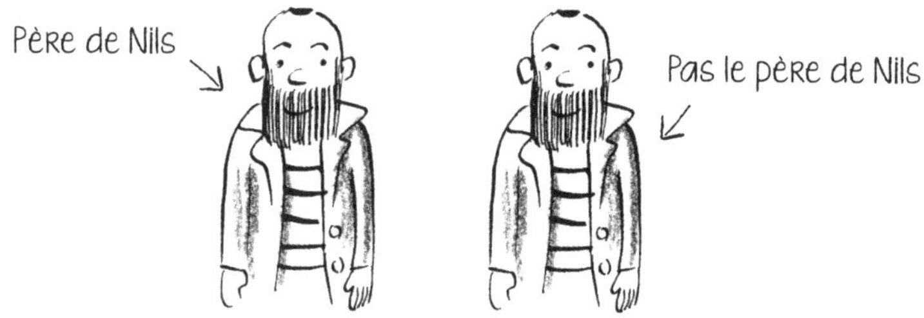

HYPOTHÈSE À CREUSER : Un homme à barbe ressemble souvent à un autre homme à barbe.

— Voici Gaspard, Arto et Nils qui sont à l'origine de cette manifestation.

Joachim nous félicite (j'ai bien fait de pas le remercier pour les knackis). On est contents qu'il nous félicite, mais en même temps, il peut faire quoi concrètement ? On n'ose pas le lui demander, mais c'est comme s'il lisait dans nos pensées.

Joachim dit :

— On va s'occuper de cet espace vert à partir de maintenant, vous pouvez compter sur nous, on a l'habitude. On va contacter le maire, le préfet. Et les voisins alentour pour qu'ils signent une pétition et empêcher qu'ils détruisent cet endroit. Je ne peux pas vous assurer qu'on y arrivera mais on va tout faire pour. Et souvent, on y arrive.

C'était génial ! En tout cas, avec tout ça, le problème était pris en main. On avait envie d'y croire.

On en revenait pas : en fait, c'est vrai. Je le dis à voix haute alors que mon père arrive avec Dagmar sur les épaules :

— En fait, les actions qu'on fait, ça compte !

Dagmar dit en hochant la tête, très sérieusement :

— Ben en fait, oui.

Comme quoi, autant essayer !

C'est qui ces Jivaros exactement ?
Par contre, là, il n'y a plus de ketchup.

CHARLY DELWART est né à Bruxelles en 1975. Écrivain et scénariste, il a publié plusieurs romans, dont *Que ferais-je à ma place ?*, *Databiographie* et *Le Grand Lézard* chez Flammarion et plusieurs albums jeunesse dont *Tu préfères quoi ?*, *Tu crois quoi ?*, *Tu connais quoi à la vie ?* et *Le nouvel arrivant*.

Il a connu aussi un terrain vague (même si, en vrai, c'était plus un bout de forêt au milieu de la ville avec des endroits dégagés, comme une clairière, mais c'est plus long à dire) où il jouait enfant et qui est devenu une maison (pas un supermarché). Il préférait avant, quand c'était des arbres.

Ronan Badel est né le 17 janvier 1972
au bord de la mer, à Auray.
En bon petit dernier de la famille, il se fait offrir
à l'âge de 7 ans un carnet à dessins
qui deviendra son journal intime et sera
à l'origine de son incessante envie d'écrire
et dessiner des histoires.